LE
BOUQUET BLANC,

LE
BOUQUET NOIR,

PAR UN AMI DU SUCRE ET DU CAFÉ.

Oui, noir, mais pas si diable !

CHEZ GUFFANTI,

PLACE SAINT-ANDRÉ-DES-ARTS, RUE POUPÉE, N°. 14 ;

ET CHEZ TOUS LES MARCHANDS DE NOUVEAUTÉS.

1825.

LE
BOUQUET BLANC,
L E
BOUQUET NOIR.

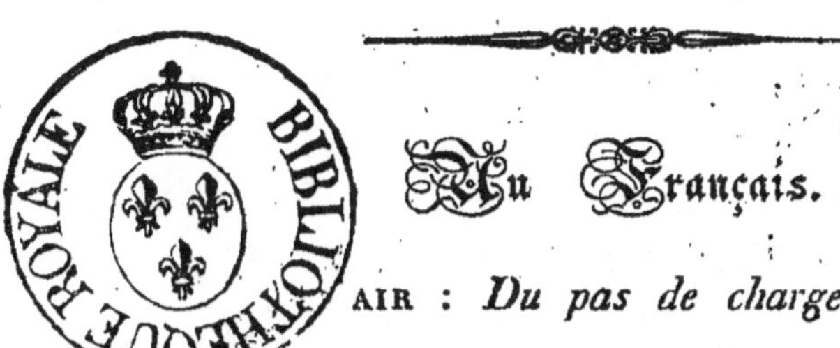

Au Français.

AIR : *Du pas de charge.*

DÉJA d'Haïti j'aperçois ;
    (Mais serait-ce un miracle ?)
Je crains encor !... Mais non je vois
    Et suis sûr de l'oracle.....
D'Haïti les ambassadeurs
    Me semblent agréables ;
Ils sont noirs ; c'est vrai, mais leurs cœurs
    N'annoncent pas des diables.....

O Blancs, ne faites plus mépris
    De couleur un peu brune ;.....
Les Noirs, comme nous ont appris
    A dompter la fortune !
D'ailleurs, pour prix de nos bienfaits,
    Ils seront bons apôtres,
Puisqu'ils ont l'ame et le cœur faits,
    Hélas ! comme les nôtres.....

D'Haïti tout ambassadeur
Trouve sur ce rivage
Amitié, noblesse et candeur ;
C'est le prix du courage !...
Quand Charles dix, notre bon Roi,
Signala sa clémence ;
Les Noirs ont tous, de bonne foi ,
Chanté la belle France !

En vain , vous, Blancs , de cœur trop noir,
Faites-vous la grimace ;
Laissez là votre désespoir ,
Haïti trouve grace !
Si notre Henri du bon meunier (1)
A reconnu le zèle ,
Croyez-vous donc qu'un charbonnier (2)
Ne puisse être fidèle ?.....

Messieurs les Ambassadeurs d'Haïti s'embarquant pour la France.

AIR : *Aussitôt que la lumière.*

Après trente ans de souffrance
Saint-Domingue , tes côteaux
Renaissent à l'espérance ;
Noirs ont oublié leurs maux !
Et par la bonté suprême
Ils ont reçu les aveux
D'un auguste diadême (3)
Qui couronne tous leurs vœux.

(1(Henri IV chez le meunier Michaud.
(2) Henri IV avec le Charbonnier.
(3) Le roi de France.

Le Blanc, humain et très-sage
Enfin reçoit notre main,
Il accepte notre hommage
D'amitié signe certain ;
Noirs ! je vois notre patrie
Sur le chemin de l'honneur ;
Dans mon ame une voix crie :
Les Francs font notre bonheur !

Partons, partons pour la France,
Nous, ambassadeurs choisis ;
Et déjà cette puissance
Veut nous traiter en amis ;
Par elle la Renommée
A devancé tous nos pas,
Et Saint-Domingue est nommée
Un des courageux etats !

Un Français répondant à Messieurs les Ambassadeurs.

AIR : *Vous me quittez pour aller à la gloire.*

Le Noir est libre ! il a su pour la gloire
Par son courage affronter le trépas ;
Il s'est inscrit aux pages de l'histoire,
Nous disons : Noirs, ne nous oubliez pas ! (*bis*)

Soyons amis, et par votre franchise,
Vous ne pourrez avoir le nom d'ingrats ;
Mais retenez cette douce devise :
Les Francs ont dit ! Ne nous oubliez pas !....

Messieurs les Ambassadeurs, lors de leur entrée à Paris.

AIR : *C'est l'amour, l'amour, l'amour.*

C'est le Noir, le Noir, le Noir,
    Par allégresse
     Et sagesse,
Qui laisse-là son manoir,
Blancs, pour venir vous voir !

Qui vient de quitter sa patrie,
Amis du modeste Boyer,
Cherchant tout genre de génie,
Dont la France est le grand foyer !
    Qui vient d'affronter l'onde
    Sans craindre les périls ;
    Qui vient du Nouveau-Monde
    Pour se montrer bon fils ? (1)
      C'est le Noir, etc.

Qui prouve sa reconnaissance
Et se montre de bonne foi,
Désirant toute sa puissance
Et de la France et de son Roi ;
    Qui suit cette maxime
    De chérir les Français ;
    Qui croirait faire un crime
    D'oublier leurs bienfaits ?....
      C'est le Noir, etc.

(1) Saint-Domingue appartenait à la France.

(7)

Qui désire qu'un grand commerce
S'établisse bien franchement,
Et qui de cet espoir se berce,
Par honneur et par sentiment;
Et qui dans sa prière
Demande à l'Eternel
Que tout Blanc soit son frère,
Sur terre *comme au ciel?...*
C'est le Noir, le Noir, le Noir,
Par allégresse
Et sagesse,
Qui laisse-là son manoir,
Blancs, pour venir vous voir !

Un adolescent s'adressant à son père et témoignant sa surprise. (Il croyait qu'un Noir n'avait pas la figure humaine.)

AIR : *Oui, noir, mais pas si diable.*

Oui, Noir n'est pas si *bête*
Que toujours on disait ;
Il a ses pieds, sa tête,
Comme nous il est fait ! ((*bis.*)
Non, je n'en reviens pas ;
Je croyais voir, hélas !
Une bête de somme ;
Mais de Paris à Rome
Il peut passer pour homme,
Et n'a pas l'air vraiment
Méchant. (*bis*)
Je le crois (*bis*) bon enfant.

Un des Messieurs de la Caisse aux bleds, à l'instant où Messieurs les Ambassadeurs de St.-Domingue passent près de sa demeure.

AIR : *Un jour j' dis à Fanchon, ma fille.*

MA p'tit' Manon, descends tout d' suite;
Tu r'commenç'ras tes beaux caquets
Par après.
D' zambassadeux et leur grand' suite
Vont en bon air
Passer comme un éclair ;
Et si-tu n'arriv' pas ben vite,
Tu n' verras rien ,
J' te l' disons en chrétien.

Mais v'là qu' me v'là. Donn'-moi pour siége
C' mauvais banc qu'est presque pourri,
Ahuri !
Dépêch'-toi donc, car v'là l' cortège.
J' me foule un pied
Si j' n'ai pas c' beau trépied.
Oh ! queuque j'vois, c'est z'un collège !...
Et tu m' dis, gueux,
Qu' c' sont d'zambassadeux !

Tais-toi donc, bavarde infernale,
Ou j' vais t' donner de l'huil' de bras,
Y aura gras !
Toi qui sais tout jusqu'à fond d' cale,

T'ignor', mon choux,
Qu' les Noirs sont r'çus cheux nous ;
Car not' bon Roi, d'humeur égale,
Veut qu' *travaillant*,
L' Noir soit *libre* et content....

Messieurs les Ambassadeurs d'Haïti.

[AIR : *Du réveil du Peuple.*

PEUPLE FRANÇAIS, peuple de frères ,
Les Noirs ne t'oublîront jamais !
Oui, crois que nous sommes sincères ,
Qu'en notre cœur sont tes bienfaits.....
Français ! si Saint-Domingue est libre ,
Si le Noir n'est plus à genoux,
Nous dirons de nos champs au Tibre :
Notre bonheur nous vient de vous !

IMPRIMERIE DE CHASSAIGNON, RUE GIT-LE-COEUR, N° 7.

INCENDIÉS DE SALINS,

La moitié du prix de vente de cet opuscule vous sera consacrée.

———

Place Saint-André-des-Arts, rue Poupée, Nº. 14,

CHEZ

GUFFANTI,

Graveur, Lithographe et Imprimeur

en taille-douce.

———

Sous presse dans quelques jours :

La Bonne Nouvelle, ou *l'ancien et le nouveau Monde*, mélodrame en trois actes, à grand spectacle, sans *combats* ni *évolutions*.

IMPRIMERIE DE CHASSAIGNON.